AF603588

CATALOGUE

DE

MINIATURES ET BONBONNIÈRES

DESSINS ANCIENS

GOUACHES, ÉVENTAILS ET ESTAMPES

Principalement

DE L'ÉCOLE FRANÇAISE DU XVIIIe SIÈCLE

Appartenant à M. B***

DESSINS ANCIENS ET AQUARELLES

APPARTENANT A DIVERS

DONT LA VENTE, AUX ENCHÈRES PUBLIQUES, AURA LIEU

HOTEL DROUOT, SALLE N° 8

LE SAMEDI 9 MAI 1903

à deux heures

COMMISSAIRE-PRISEUR

Me PAUL CHEVALLIER

10, rue Grange-Batelière

EXPERTS

MM. PAULME et B. LASQUIN FILS

10, rue Chauchat — Téléph. 259-63

12, rue Laffitte — Téléph. 317-74

EXPOSITION PUBLIQUE

Le Vendredi 8 Mai 1903, de 1 heure 1/2 à 5 heures 1/2

CONDITIONS DE LA VENTE

Elle sera faite au comptant.

Les acquéreurs paieront *dix pour cent* en sus des prix d'adjudication.

Les experts se réservent la faculté de rassembler ou de diviser les numéros du catalogue.

L'exposition mettant le public à même de se rendre compte de l'état et de la nature des objets, il ne sera admis aucune réclamation une fois l'adjudication prononcée.

L'ordre numérique ne sera pas suivi.

Paris. — Imp de l'Art, E. MOREAU et Cie, 41, rue de la Victoire.

DÉSIGNATION

MINIATURES
ET BONBONNIÈRES

BERTRAND

1 — *Portrait de Femme.*

En buste, la tête de face. Sa robe blanche est décolletée, et un châle rouge est passé sur les bras. Un peigne en écaille orne sa chevelure.

Miniature sur ivoire de forme ovale.

Signée à droite.

Haut., 65 millim.; larg., 55 millim.

CAMPANA

2 — *Portrait de Femme.*

En buste de trois quarts à gauche, un voile sur les épaules, noué sur la poitrine au-dessus d'une ceinture bleue enserrant la taille. La chevelure est ornée d'un foulard à fleurettes bleues.

Miniature sur ivoire de forme ovale.

Haut., 6 cent.; larg., 45 millim.

DELUSSE

3 — *Portrait d'Homme.*

Il est assis à son bureau, vu presque de face, une lettre ouverte dans sa main droite.

Miniature sur ivoire de forme ronde.

Signée en bas à droite.

Diam., 8 cent.

DERANTON

4 — *Portrait d'Homme.*

En buste, l'habit bleu, entr'ouvert, découvre un gilet rayé.

Miniature sur ivoire de forme ronde. Elle est posée sur une bonbonnière en cristal, galonnée de cercles en or ciselé.

ÉCOLE FRANÇAISE

5 — *Ulysse et Calypso.*

Composition de huit figures. Fixé sous verre de forme ronde.

Diam., 65 millim.

6 — *Groupe de deux personnages.*

Homme et femme, vêtus à l'antique. Fond d'architecture et paysage.

Miniature sur ivoire de forme ronde.

Diam., 7 cent.

ÉCOLE FRANÇAISE

7 — *Portrait d'Homme.*

En buste de trois quarts à gauche, la tête tournée vers la droite.

Miniature sur ivoire de forme ovale.

Haut., 8 cent.; larg., 6 cent.

8 — *Portrait de Jeune Femme.*

En costume du temps de Louis XV, la chevelure ornée d'une couronne de fleurs. Fond de paysage.

Miniature sur ivoire de forme ovale.

9 — *Portrait de Jeune Femme.*

En buste de trois quarts à droite, la tête presque de face; corsage rayé et fichu croisé sur la poitrine; foulard noué dans les cheveux.

Miniature sur ivoire de forme ovale.

10 — *Portrait de Jeune Femme.*

En buste de profil à droite, devant une balustrade.

Miniature sur ivoire de forme ovale.

11 — *Portrait de Jeune Femme.*

Elle est assise auprès d'un bureau sur lequel est un vase de fleurs; un fichu de gaze sur les épaules, un ruban dans la chevelure.

Miniature sur ivoire de forme ronde.

Diam., 8 cent.

ÉCOLE FRANÇAISE

12 — *Portrait de Jeune Femme.*

En buste presque de face, une gaze légère entoure ses épaules ; un ruban bleu enserre les cheveux qui retombent en boucles.

Miniature sur ivoire de forme ovale.

Haut., 6 cent.; larg., 5 cent.

13 — *Portrait de Jeune Femme.*

En buste presque de face ; le corsage bordé de fourrure et décolleté ; la coiffure haute est ornée de perles et de fleurs.

Miniature sur ivoire de forme ovale.

Signée à droite (illisible) et datée *1772*.

Elle est posée sur une bonbonnière ancienne Louis XVI, en écaille et vernis Martin aventuriné.

FACHE

14 — *Portrait d'Homme.*

En buste à droite, la tête presque de face.

Miniature sur ivoire de forme ovale.

Signée en bas à droite et datée *Juin 1786*.

Elle est montée sur une bonbonnière ancienne du temps de Louis XVI, en écaille blonde, piquée d'or.

HALL (P.-A.)

15 — *Portrait de Charles-Philippe, Comte d'Artois, Colonel général des Suisses et Grisons.*

En grand costume avec les ordres du Saint-Esprit et de la Toison d'Or, et coiffé du casque.

Miniature sur ivoire de forme ovale.

Haut., 9 cent.; larg., 7 cent.

ISABEY (D'après J.)

16 — *Portrait de Jeune Femme.*

Un voile enveloppe le haut de la tête et retombe sur les épaules découvrant la figure encadrée de boucles de cheveux.

Miniature à l'aquarelle de forme ronde.

MIRBEL (Mme de)

17 — *Portrait de Jeune Femme.*

En buste de trois quarts à droite, la tête presque de face. Fond de paysage.

Miniature sur ivoire de forme ovale.

Signée à droite.

Haut., 85 millim.; larg., 65 millim.

RUE (Mlle Lizinka)

(Mme DE MIRBEL)

18 — *Portrait présumé de M. Delessert, fondateur des Caisses d'épargne.*

Miniature sur ivoire de forme ovale.

Signée à droite : *Mlle Lizinka Rue 1820.*

Haut., 105 millim.; larg., 75 millim.

VESTIER (Antoine)

19 — *Portrait de Jeune Femme.*

En buste à droite, la tête presque de face. En corsage de mousseline décolleté ; des nœuds de ruban retiennent les manches aux épaules.

Miniature sur ivoire de forme ovale.

Signée et datée *1784.*

Haut., 5 cent.; larg., 4 cent.

20 — Bonbonnière, du temps de Louis XVI, de forme ronde, en or ciselé et vermeil. Le pourtour à quatre compartiments contient sous glace des motifs de guirlandes en filigrane.

ÉVENTAILS

21 — Éventail, du temps de Louis XV, offrant sur sa face principale, et peinte sur vélin, une *Offrande à l'Hymen*, composition d'un grand nombre de figures dans un paysage. Au revers, un couple de personnages. Riche monture en nacre, sculptée et gravée, rehaussée de dorures.

22 — Eventail, du temps de Louis XV, présentant, sur sa face principale, une composition allégorique avec de nombreuses figures encadrée de fleurs, peinte sur vélin. Riche monture en ivoire sculpté avec figures et parties ajourées sur fond de nacre.

ESTAMPES

JANINET

23 — *Marie-Antoinette d'Autriche, reine de France.*

Belle et ancienne épreuve coupée à l'ovale, entourée d'un encadrement moderne.

Cadre ancien Louis XVI, bois sculpté.

SERGENT-MARCEAU

24 — *Portrait du général Marceau, né à Chartres.*

Superbe épreuve imprimée en couleurs, avec une belle marge et d'une grande fraîcheur.

Cadre Louis XVI, en bois sculpté.

DESSINS

AQUARELLES, GOUACHES

AUBRY (Etienne)

25 — *La Leçon de musique.*

Jeune femme et ses deux enfants dans un intérieur.

Plume et lavis de sépia.

BACKUYSEN

26 — *Marine.*

Dessin à la pierre noire et lavis, portant le cachet de l'ancienne *Collection Desperet.*

BERNARD

27 — *Portrait de Femme, avec entourage ornementé.*

Dessin à la plume en calligraphie rehaussé d'aquarelle.
Signé et daté *1787.*

BOILLY (J.)

28 — *Portrait du Baron Percy, chirurgien en chef, inspecteur général des armées françaises.*

Beau dessin aux trois crayons.
Cadre Louis XVI en bois sculpté.

BOILLY (L.)

29 — *Portrait de Jeune Femme.*

En buste de trois quarts à droite. Aux trois crayons, de forme ovale.
Signé et daté *1815.*
Cadre Louis XVI en bois sculpté.

30 — *Portrait d'Homme.*

Bon dessin au crayon noir, rehaussé de blanc.
Cadre Louis XVI en bois sculpté.

BOUCHER (F.)

31 — *Vénus et l'Amour.*

Très beau dessin aux trois crayons sur papier gris ; de la belle qualité du maître.

32 — *Groupe de trois amours sur un nuage.*

A la sanguine.
Cadre ancien en bois sculpté.

33 — *Le Songe d'amour.*

Jeune femme sur un lit de repos, dormant, tandis qu'un amour lui décoche un trait.
A la sanguine.
On lit en bas : *F. Boucher delin, 1734 — pour le chev. de Courville.*
Cadre ancien en bois sculpté.

BOUCHER (D'après F.)

34 — *Tête de Femme, de profil à droite.*

A la sanguine.
Cadre ancien Louis XVI, bois sculpté.

BOUCHER (École de F.)

35 — *Jeune Fille en buste, penchée en avant.*

A la pierre noire et à la sanguine.
Cadre en bois sculpté.

BOURGAIN (F.)

36 — *Portrait d'Homme.*

En buste à droite.

Dessin de forme ovale à la mine de plomb et sanguine, rehaussé de lavis.

Signé et daté *1798*.

CASANOVA

37 — *Combat de cavalerie et d'infanterie.*

A la plume et lavé d'aquarelle.

COCHIN (C.-N.)

38 — *Portrait d'Homme.*

De profil à gauche.

Médaillon rond à la pierre noire et à la sanguine.

CUYP (Albert)

39 — *Seigneur suivi de son chien.*

Dessin lavé de sépia.

DROUAIS (H.)

40 — *Portrait de M*[me] *Ribon, de l'Opéra, 1760.*

A la pierre noire et rehaussé de blanc.

Cadre ancien en bois sculpté.

ÉCOLE ESPAGNOLE (XVIIe siècle)

41 — *Portrait de Velasquez entouré de ses modèles.*

Curieux dessin.
Peut être du maître.
Cadre en bois sculpté.

ÉCOLE FRANÇAISE (XVIIIe siècle)

42 — *Composition de trois figures.*

Dans un intérieur.
Dessin à la sanguine.
Peut être de *Queverdo.*
Cadre ancien, bois sculpté.

43 — *Jeune Femme à sa fenêtre.*

A la plume, légèrement aquarellé.
Cadre Louis XVI, bois sculpté.

44 — *Jeune Fille à la Fontaine.*

Charmant petit dessin de forme ronde, dans le genre de Fragonard.
A la sépia sur parchemin.
Cadre en bois sculpté.

45 — *Scène d'intérieur.*

Deux jeunes femmes, l'une tirant un rideau pour montrer à l'autre un sujet qu'elle ne veut pas voir.
Aquarelle.

ÉCOLE FRANÇAISE (XVIIIe siècle)

46 — *Les Soins maternels.*

Composition de trois figures à la plume et aquarelle.

ÉCOLE FRANÇAISE (XVIIe siècle)

(DEUX PENDANTS)

47 — *Paysages avec Ruines et petites figures.*

Deux petites gouaches de forme ronde.

ÉCOLE FRANÇAISE (XVIIIe siècle)

48 — *Soldats à l'assaut d'une ville fortifiée.*

A la plume, lavé d'encre de Chine.
Cadre ancien Louis XVI en bois sculpté.

ÉCOLE FRANÇAISE (RESTAURATION)

49 — *La Promenade : Scène familiale.*

A l'aquarelle.

ÉCOLE ITALIENNE (XVIIe siècle)

50 — *Composition mythologique à plusieurs figures.*

A la plume, lavé de sépia.
Cadre ancien Louis XIV en bois sculpté.

FICHEL (E.)

51 — *La Lettre.*

Très fine aquarelle.
Signée en bas à gauche.
Cadre en bois sculpté.

FRAGONARD (H.)

52 — *Intérieur de Parc.*

A la plume et lavis de sépia.
Cadre ancien en bois sculpté.

FRAGONARD (H.)?

53 — *Paysage italien, avec Ruines et Arc-de-Triomphe, animé de figures et d'animaux.*

A la plume et lavis d'encre de Chine.
Cadre Louis XIV en bois sculpté.

54 — *Le Serment d'amour.*

Croquis de ce tableau du maître.
A la sanguine.

HOIN (Cl.)

55 — *La Déclaration.*

Dessin au crayon rehaussé de lavis.
Cadre ancien Louis XIV, bois sculpté.

HUET (J.-B.)

56 — *L'Offrande à Priape.*

Une Bacchante accompagnée d'Amours enguirlande le buste de Priape, pendant qu'une de ses compagnes assise et lutinée par un satyre lève sa coupe en l'honneur du dieu.

Beau dessin à la plume et lavis de sépia.

Signé et daté *1777*.

A été gravé.

Cadre ancien Louis XVI en bois sculpté, à caneaux avec nœud de ruban et guirlandes de laurier.

57 — *Marchands ambulants et types divers.*

Plusieurs études de petites figures, aux crayons noir et blanc, sur papier gris.

58 — *Vue prise à Mantes.*

Laveuse et son enfant au bord d'un ruisseau. Moulin au fond.

Jolie gouache.

Signée et datée *1785*.

Cadre ancien en bois sculpté.

HUYSUM (Van)

59 — *Paysage avec figures.*

Petit dessin au lavis d'encre de Chine.

KARL (A.)

60 — *Portrait de Victor Hugo.*

A la plume.

Cadre ancien Louis XVI, bois sculpté.

LANCRET (N.)

61 — *Homme assis les jambes croisées.*

Belle étude à la sanguine avec rehauts de blanc.
Cadre Louis XVI en bois sculpté.

62 — *Homme debout, marchant vers la gauche.*

Étude aux crayons noir et blanc sur papier gris.

LANTARA

63 — *Paysage, cours d'eau et figures.*

Fine aquarelle rehaussée de gouache, de forme ronde.

LE CLÈRE (J.-B.)

64 — *Portrait de Madame Ducis, femme du poète.*

A la mine de plomb.
Sur vélin.
Cadre en bois sculpté.

LE SUEUR (de Charenton)

65 — *Vue du Moulin de Charenton.*

Jolie petite gouache avec figures.
Signée et datée, en bas à droite, *1795*.

MICHEL (G.)

66 — *Marine, au clair de lune.*

Lavis d'encre de Chine.
Cadre ancien en bois sculpté.

MILLET

67 — *Paysage, avec cours d'eau, animé de figures.*

Gouache.
Signée du monogramme et datée *1773*.

MOREAU L'AINÉ (LOUIS)

68 — *Vue prise aux environs de Paris.*

Importante aquarelle rehaussée de gouache, avec figures.
Signée vers la gauche des initiales L. M.
Cadre en bois sculpté.

NANTEUIL (CÉLESTIN)

69 — *Vue intérieure du Port de Gênes.*

A la plume, rehaussé d'aquarelle.
Signé en bas à gauche.

NATTIER (J.-M.)

70 — *Portrait de Femme en Diane.*

Crayon noir et lavis.
Cadre en bois sculpté.

NICOLLE (V. J.)

71 — *Vue du Colisée, à Rome.*

Petite aquarelle.
Signée au revers.
Cadre ancien en bois sculpté.

NORBLIN (de la Gourdaine)

72 — *Promenade aux Champs-Élysées.*

Réunion de nombreux personnages se promenant en causant à l'ombre de grands arbres.

Intéressant dessin à la plume, lavé d'encre de Chine.

Daté *1789*.

Cadre Louis XVI en bois sculpté.

OUDRY (J.-B.)

73 — *Portrait du Roi Louis XV.*

Aux crayons noir et blanc sur papier bleu.

Signé à la plume en bas à gauche.

Cadre ancien en bois sculpté.

PARROCEL (J.)

74 — *Bataille.*

A la plume et lavé de sépia.

PATER (J.-B.)

75 — *Homme assis prenant une tasse de café.*

Très belle feuille d'études avec croquis divers.

A la sanguine.

Cadre en bois sculpté.

PERELLE

76 — *Vue d'un Port, avec navires et personnages.*

A la gouache.

A été gravée.

PERNET

(DEUX PENDANTS)

77 — *Vues de Palais et Colonnades, en ruines, animées de figures et animaux.*

Importants dessins à la plume lavés d'aquarelle de forme ovale.

Cadres en bois sculpté.

78 — *Portique et Monuments animés de figures.*

Très beau dessin à la plume rehaussé d'aquarelle, de forme ovale.

Cadre en bois sculpté.

PORTAIL (J.-A.)

79 — *Jeune Femme assise à terre, le buste relevé.*

Étude aux trois crayons.

Cadre en bois sculpté.

REMBRANDT (D'après)

80 — *Les Disciples d'Emmaüs.*

Dessin au crayon et lavis.

Cadre ancien en bois sculpté.

RIGAUD (H.)

81 — *Portrait de Philippe V d'Espagne, petit-fils de Louis XIV.*

Dessin aux crayons noir et blanc.

Cadre ancien, en bois sculpté.

RIGAUD (H.)

82 — *Portrait d'Homme, en grand manteau.*

A la plume et au lavis, rehaussé de gouache.
Cadre Louis XVI, en bois sculpté.

83 — *Portrait d'Homme.*

Médaillon ovale à la sanguine.

ROBERT (Hubert)

84 — *Perspective de colonnades, encadrant une piscine, avec nombreuses figures.*

Charmant dessin à la mine de plomb et quelques touches de couleurs.

85 — *Portique antique en ruines et laveuses au premier plan.*

Plume et aquarelle.

86 — *Vue du Capitole, à Rome, illuminé par les feux de Saint-Jean.*

Aquarelle de forme ronde.
Cadre Louis XVI en bois sculpté.

87 — *Vue du Panthéon à Rome, avec figures.*

Dessin à la plume lavé de sépia.

SAINT-AUBIN (G. de)

88 — *L'Heureuse Famille. Jeune ménage avec ses trois enfants.*

Gracieux dessin à la pierre noire, rehaussé de blanc, sur papier gris.
Signé et daté 1774.

TANCHE (Nic.)

89 — *Écurie dans un temple en ruines.*

A la plume lavé de sépia.

Cadre ancien, bois sculpté.

THÉOLON (E.)

90 — *Portrait de Jeune Femme en buste, la poitrine décolletée.*

Gracieux dessin à la sanguine, de forme ovale.

TRINQUESSE

91 — *Jeune Femme debout.*

Etude aux crayons noir et blanc, sur papier gris.

VANLOO (Carle)

92 — *Portrait de Jeune Femme.*

En buste, vêtue d'un corsage décolleté, un ruban autour du cou.

Aux crayons de couleurs, sur papier gris.

Cadre ancien en bois sculpté.

VARINE

93 — *Portrait de Femme.*

En buste, décolletée.

Gouache.

Signée et datée *1787*.

Cadre Louis XVI en bois sculpté.

VESTIER (Ant.)

94 — *Portrait de Jeune Femme.*

En buste de trois quarts, à droite, la figure presque de face ; une coiffe orne sa chevelure.

Charmant dessin de forme ovale.

Crayon noir et sanguine.

VIGÉE (Louis)

95 — *Bergère assise, donnant à manger à sa chèvre.*

Gracieux pastel.

Cadre en bois sculpté.

WATTEAU (Ant.)

96 — *Figures de différents caractères.*

Quatre études d'hommes, vus de face et de dos.

A la sanguine.

Ont été gravés.

Cadre ancien Louis XV, bois sculpté.

97 — *Femme à cheval.*

Étude à la sanguine.

Très beau cadre ancien Louis XIV, bois sculpté.

WATTEAU (D'après Ant.)

98 — *Joueur de guitare.*

Plume et sépia.

WATTEAU (Louis), de Lille

(DEUX PENDANTS)

99 — *Feuilles d'Études, contenant chacune plusieurs figures de militaires dans des attitudes diverses.*

A la pierre noire, sanguine, lavis et crayon blanc. Cadres en bois sculpté.

DESSINS ANCIENS

AQUARELLES

Appartenant à Divers

BOILLY (Attribué à L.)

100 — *Portrait de Femme.*

En buste, de trois quarts à gauche.
Dessin au crayon noir.

BOUCHER (F.)

101 — *Étude d'Homme marchant.*

Vigoureux dessin à la pierre noire et rehaussé de crayon blanc.
Signé.

BOUCHER (École de F.)

102 — *Femme nue assise, dormant.*

Étude aux crayons noir et blanc.

103 — *Femme nue sur un lit de repos.*

Étude aux crayons noir et blanc.

104 — *Études et Académies; sept dessins.*

Quatre dessins à la sanguine.
Un dessin aux crayons noir et blanc.
Deux dessins aux trois crayons.

BOUCHER (École de F.)

105 — *Le Peintre dans son atelier.*

Dessin aux crayons noir et blanc.

106 — *Têtes d'Enfants.*

Étude à la sanguine.

CICÉRI (Eug.)

107 — *Chemin sous bois, avec petites figures.*

Fine aquarelle.
Signée et datée *1832*.
Cadre Louis XVI en bois sculpté.

CONSTANTIN (J.-S., d'Aix)

108 — *Portique en ruines, avec figures.*

A la plume, rehaussé d'aquarelle.

DUGOURE (J.-D.)

109 — *L'Amour triomphant.*

Curieuse composition satirique sur les couvents.
Important dessin à la plume et à l'aquarelle.
Signé et daté *1782*.

ECHARD

110 — *Vue d'un rempart de ville, au bord d'une rivière, avec barques.*

Dessin à la plume, lavé de sépia.
Signé.

ÉCOLE ALLEMANDE (XVIe siècle)

111 — *Projet de Vitrail.*

Dessin à la plume et au lavis.
Cadre ancien en ébène.

ÉCOLE ANGLAISE (XVIIIe siècle)

112 — *Portrait de Jeune Fille, avec son chien.*

Au crayon, de forme ovale.

ÉCOLE FRANÇAISE (XVIIe siècle)

113 — *Portrait de Jeune Homme.*

Dessin aux crayons noir et blanc.

ÉCOLE FRANÇAISE (XVIIIe siècle)

114 — *Scène d'intérieur.*

Dans un intérieur, un homme et une jeune femme lisent pendant qu'un enfant debout s'amuse avec un jouet sur les genoux de sa mère.
Dessin à la pierre noire.

115 — *Groupes de personnages en des attitudes diverses.*

Dessin à la plume et à l'aquarelle.
Cadre Louis XVI, bois sculpté doré.

116 — *Paysage, avec cours d'eau et figures.*

Gouache.
Cadre ancien Louis XIV, bois sculpté doré.

ÉCOLE FRANÇAISE (XVIIIe siècle)

117 — *Pygmalion amoureux de sa statue.*

Dessin au lavis d'encre de Chine légèrement aquarellé.

Beau cadre ancien Louis XVI, en bois sculpté doré.

ÉCOLE FRANÇAISE

118 — *Minerve.*

Dessin à la plume et lavis.

Cadre Louis XVI, bois sculpté.

FRAGONARD (H.)

119 — *Projet de fontaine : Jupiter et Léda.*

Intéressant dessin à la sanguine.

Signé en toutes lettres.

Cadre ancien Louis XVI en bois sculpté doré.

GREUZE (J.-B.)

120 — *La Reconnaissance.*

La mère de l'artiste, embrassant son fils après vingt ans d'absence.

Beau dessin à l'encre de Chine de la plus belle qualité du maître.

121 — Album renfermant : *Onze* dessins originaux à la sanguine ou au lavis, et *Trente-six* contre-épreuves de dessins du maître.

Soit en tout *quarante-sept esquisses ou Études* des tableaux les plus connus de l'artiste, reliées en 1 vol. in-fol. en travers mar. fil.

HILAIRE (J.-B.)

122 — *Illustration pour une fable de La Fontaine.*

Composition de quatre figures à la plume et lavis d'encre de Chine.

Signé.

HUET (J.-B.)

123 — *Moutons, études.*

Deux dessins au trois crayons.

Signés et datés.

LEMOYNE (J.-B.)

124 — *Femme nue.*

Étude aux trois crayons.

LE PRINCE (J.-B.)

(DEUX PENDANTS)

125 — *Ruines antiques, paysage et figures.*

Deux dessins à la sanguine de forme ovale.

L'un d'eux est signé.

MORLAND (Attribué à G.)

126 — *La Visite à l'étable.*

Dessin au crayon noir rehaussé de lavis, de forme ronde.

PATER (J.-B.)

127 — *Homme debout.*

Étude à la sanguine.

Cadre Louis XIV, bois sculpté doré.

RIGAUD (J.)

128 — *Vue du Château de Sceaux.*

A la plume et lavis d'encre de Chine.

Cadre ancien Louis XVI, bois sculpté doré.

ROBERT (Hubert)

(deux pendants)

129 — *Ruines antiques, à Rome, avec figures.*

Deux importants et beaux dessins à la plume, rehaussés de sépia et légèrement aquarellés, de forme ovale.

Signés.

Cadres Louis XVI, bois sculpté doré.

ROSALBA (Attribué à La)

130 — *Vénus et l'Amour.*

Dessin aux trois crayons sur papier bleu.

SEVIN (P.-P.)

131 — *Autel dédié à Saint-Benoît, dans l'Abbaye royale de Saint-Denis.*

Importante miniature sur vélin à l'aquarelle, gouachée et rehaussée d'or.

Signée en toutes lettres et datée *1685.*

132 — Un cadre ancien Louis XIV, en bois sculpté et doré.

133 — Sous ce numéro, dessins ou gravures non catalogués.

www.ingramcontent.com/pod-product-compliance
Ingram Content Group UK Ltd.
Pitfield, Milton Keynes, MK11 3LW, UK
UKHW021031260726
13994UKWH00005B/2069

9 782329 384221